JESUS EST UN CHEF INDIEN

par Fred Ashcroft
coécrit par Axel Djim Yves Marini

© 2021, Ashcroft, Fred; Marini, Axel Djim Yves
Edition : Books on Demand,
12/14 rond-Point des Champs-Elysées, 75008 Paris
Impression : BoD - Books on Demand, Norderstedt, Allemagne
ISBN : 9782322229864
Dépôt légal : mars 2021

« Nous sommes là pour déambuler dans les histoires d'autres gens, en quête de la nôtre. »

Erin Morgenstern

CHAPITRE 1

Le jeune homme errait dans les couloirs du métro sans destination précise et comme égaré parmi le flot des passants. Et si les fourmis s'appelaient « croondes » ça ferait les four-mi… Bref il en venait, il en venait, il en venait encore, le dernier métro étant à 1H00. Il regarda à son poignet 0H33,
juste avant la fin des hostilités.
Ça faisait déjà quelques années que pour son anniversaire c'était cravate ou montre bon marché.
Pour son dernier anniversaire ça n'avait pas manqué, une Swatch automatique sans remontoir donc, et ça ça lui donnait tout de suite beaucoup plus de valeur et puis c'était Lina, sa nouvelle copine qui la lui avait achetée et Lina il l'aimait bien plus que la montre elle-même, encore plus que tout.
Jude Riversson, trente-trois ans, 0h33, 33 Janvier 1991, un signe, quelque chose ?

Il regardait les passants, tout le monde semblait heureux d'avoir fini sa journée de travail et de vaquer enfin à d'autres occupations beaucoup plus agréables. Jude aimait à se laisser emporter par la foule et prendre des trains sans destination juste pour le plaisir du voyage aussi éphémère soit- il. Ce devait être son occupation favorite d'aller nulle part et n'importe où à la fois. Il aimait à s'imaginer la vie des uns et des autres : du cadre relâchant enfin la pression, de la jolie fille à l'imper bon chic bon genre pour ne pas trop en montrer, des junkys qu'il affectionnait particulièrement même s'il n'avait jamais réussi à n'avoir plus qu'un ami fidèle à la fois comme camarade de biture, de l'ouvrier qui allait claquer un quart de sa paie mensuelle pour une soirée de folie, d'une société qui vaquait, qui s'affairait et fourmillait à des tâches qui lui étaient étrangères. Il cherchait dans cette foule un visage qu'il reconnaîtrait, dont l'expression lui semblerait familière, peut être un explorateur tout comme lui.

Il espérait à chaque station que cet inconnu reconnu monte dans le wagon et le perce de son regard.

Dans le métro aérien, il contemplait à sa guise les toits de Paris et la grande dame de fer, des amis plus intimes à son cœur que tous ces visages de bipèdes à station verticale toujours plus pressés qu'il côtoyait au hasard des trains.

Après avoir emprunté plusieurs lignes jusqu'à leur terminus, Jude se décida finalement à rentrer chez lui.

Sur le quai d 'en face un homme avec un masque blanc au long nez crochu le fixait intensément, l'incitant à le suivre. Était-ce celui qu'il attendait de rencontrer ? Un bouffon ? Cet autre qui l'inviterait à l'aventure ? Jude sortit brusquement du wagon, descendit du quai et suivit les rails du métro puis s'enfonça à son tour dans l'ombre du tunnel. Il s'ennuyait de cette vie de toute façon, il cherchait autre chose, il recherchait un signe qui l'éclairerait au milieu de son ennui. Il suivit l'homme masqué qui ma foi comme un vrai funambule semblait danser sur les rails du métro. Ils s'engouffrèrent alors dans une sorte de couloir qui donnait sur une porte qui elle-même menait à un autre long couloir puis le bouffon lui prit la main et comme par une politesse forcée laissa Jude Riversson, trente-trois ans lui emboiter le pas.

Cela ressemblait un peu au carnaval de Venise à Paris, tous étaient habillés comme dans un autre temps, beaucoup portaient des masques. Des femmes riaient d'un rire qui aurait réveillé un mort et les hommes surenchérissaient en criant plus fort encore comme dans une

exultation animale.
Les tambours battaient comme venus
d'Afrique, et tous étaient magnifiquement
vêtus.

Un homme tronc sur une planche à roulette
afficha son plus beau sourire, le demi-homme
avait plus d'or dans la bouche que Jude en
avait vu dans toute sa vie, c'était le valet, il
était chargé d'accueillir les nouveaux et offrait
gracieusement le meilleur Lagavulin de Paris.

Une lumière d'une puissance et d'une blancheur inouïe semblait provenir d'une autre dimension, elle aveuglait Jude de son éclat. La foule grimée tournoyait autour d'elle comme les suédois dansent autour des arbres pour fêter l'arrivée du printemps. Jude connaissait cette lumière de manière intime, il le savait mais il ne voulait la nommer ou en exprimer davantage.

Le bouffon se retourna vers Jude :

- « Je ne te dirai pas mon nom ni d'où je viens. Je viens juste à toi pour te montrer la voie, le chemin que tu dois suivre. Tu ne me reverras jamais et tu ne verras jamais mon visage. Viens avec moi ».

Jude se contenta de le suivre, le bouffon entra dans une sorte de remise de laquelle il sortit une cap.

« Voici ton nouvel habit mon ami

Tu ne fais plus partie de ce monde, ni de cette société, tu as rejoint le club des saltimbanques.

C'est un club secret dont les règles sont simples. En fait nous n'avons pas de règles, ou plutôt nous déréglons les règles.

Nous sommes comme dirait Hugo, des "esprits d'une autre sphère", nous recherchons une autre vérité. Nous voyons au-delà de ce monde et au-delà nous sommes des explorateurs des temps et des lieux et nous voyageons dans les mondes intelligibles, divins, dont le monde sensible, physique, n'est qu'un pâle reflet. Parfois nous percevons quelques fragments de ces mondes, ces fragments sont comme des joyaux et doivent éclairer l'humanité.

Il suffit que le hasard t'envoie un signe et toi tu devras aller au bout de la piste, décrypter les signes jusqu'aux derniers pour enfin arriver à l'essence même de l'intellect, l'ultime connaissance.
L'alphabet n'existe pas tel qu'il est, les signes cachés derrière les mots et les lettres existent.
Tu dois tout redécouvrir et apprendre à oublier. »

Il se souvint du dernier signe qu'il avait reçu ; un coffret d'ébène tapissé d'un feutre rouge contenant une carte postale qu'il avait retrouvée déposée au pied de son lit avec une clé.

Il ne savait qui l'avait mis là dans cette chambre de bonne située au dernier étage d'un vieil immeuble parisien, rue Baudreillis.

Personne n'avait accès à cette chambre de bonne et il n'y avait aucun moyen de s'y faufiler.

Cette carte postale représentait Jim Morrison.
Au dos de la carte postale, un message était difficilement déchiffrable.

"I try to set you free but you never follow me".

Il en parla à son nouvel ami qui lui indiqua d'aller au cimetière du Père Lachaise.

Jude prit donc la direction du Père Lachaise.

Alors qu'il sortait d'un wagon, on lui glissa quelque chose dans la poche. Il se retourna et ne vit au loin qu'une jeune femme à la chevelure rousse disparaître au coin d'un couloir.

Pourquoi lui avait- elle glissé des buvards dans la poche et pourquoi à lui ? Savait -elle qu'il cherchait des signes ?

Jude sortit un buvard.... LSD

Il savait que ce n'était pas une bonne idée, « souviens-toi des voix, de toutes ces voix, la moitié de ton cerveau qui mange l'autre, les hallucinations pour vingt-quatre ou quarante-huit heure putain, puis la descente, la descente putain ! »

La nuit commençait à tomber et les gardiens fermaient les portes du cimetière alors qu'il se dissimulait derrière les tombes. Il salua quelques grands noms de la littérature avant d'arriver sur la tombe de Jim Morrison.

Au bout d'une demi-heure, la drogue commença à faire son effet et Jude se mit peu à peu à avoir des perceptions troublantes ; les arbres bruissaient de sons étranges et semblaient lui murmurer des mots inconnus ;
Jude s'assit en tailleur en face du buste de Jim Morrison comme pour échanger avec un vieil ami.

Ce qui lui importait était de saisir l'instant dans ce voyage où il devenait un autre, un être plus grand, plus puissant. Dans des espaces inviolés de son esprit, il partait en quête d'un signe mais surtout en quête de lui-même. Il ressentait un silence en lui, il lui semblait que les mots n'abondaient plus dans son être aride et pourtant quelque chose rugissait silencieusement en lui.

Il lui semblait entendre le soupir d'une armée de disparus hantant le lieu. Il s'étendit sur une tombe au milieu des anges de pierre qui lui donnaient l'impression de veiller sur lui.

Dans un état de transe spirituelle, les gargouilles lui avaient d'ailleurs inspiré une sorte de vision du Paradis, de l'infinie félicité de l'âme libérée de ses incarnations.

Dans un demi-sommeil, il sembla qu'on lui caressait le front sans savoir qui…

Et une voix :
" Take the highway to the end of the night"

CHAPITRE 2

Il aimait cette ville dans laquelle il était né et avait grandi ; il ne sortait pas dans les bars ni chez les Bobos ; lui ce qu'il aimait c'étaient les grandes avenues parisiennes, déambuler en traînant sa mélancolie.

Parfois il s'asseyait simplement, seul sur un banc du jardin du Luxembourg, en quête de lui-même.
Oui il aimait s'extraire du monde.
Il aimait objectiver et unifier tout objet grâce a sa capacité à structurer la diversité, donner une homogénéité à ce qui vient des sens, conférer une unité a la diversité.

A présent, déambulant au quartier latin, il s'assit un moment au café de Flore pour converser un instant avec le fantôme de Jim.

Oui il les aimait les fantômes du passé, il avait toujours vécu ainsi même dans sa plus tendre jeunesse, à traîner la nostalgie d'autrefois.

Mais au-delà de ça, quelle était la piste à suivre ? et surtout à quoi tout cela le mènerait-il ?

Alors qu'il allait quitter le café de Flore, il croisa Agnès Varda, une vieille connaissance de Jim, qui lui remit un vieux carnet tout usé.

- "Tiens voici le premier carnet de Jim, tu trouveras peut-être des réponses"
- "Mais je croyais qu'il l'avait détruit dans sa jeunesse ?"
- "Tu sais Jim racontait beaucoup de choses réelles ou imaginaires et aimait romancer sa vie."

Agnès à peine après avoir remis le carnet à Jude, s'éclipsa et monta dans une Tesla noire. Il y avait glissé dans le carnet une enveloppe contenant une forte somme d'argent, un ticket d'avion pour le Brésil et un petit mot d'Agnès.

« Jude toi qui veux guérir peut-être que ta recherche intérieure est le peu qu'il reste de ta psychose. Si tu te sens éteint et mort de l'intérieur le feu dort pourtant encore en toi.

Bise, Agnès »

CHAPITRE 3

Autour de lui tout était sombre et lugubre ; seule une maigre lueur de bougie éclairait ce qui semblait être le sous-sol d'une maison ou d'un bâtiment désaffecté.

Il y avait des miroirs aux murs et une vieille télévision en face de la chaise à laquelle il était attaché. Il remarqua aussi que les murs étaient peints à la mode des années soixante-dix avec des motifs psychédéliques.

Tout d'un coup on alluma la lumière et à la maigre lueur de bougie se substitua une violente lumière teintée de rose provenant d'une lampe chinoise.

Jude reconnut alors sa chambre d'adolescent. Il n'en croyait pas ses yeux Rien ne semblait avoir bougé, quoiqu'inchangé en apparence il reconnaissait ce lieu tout en ayant conscience qu'il n'y était pas réellement. Un homme habillé en peignoir rose fit irruption dans la pièce.

Il se mit à ramper dans la chambre, donnant l'impression de nager.

Tout d'un coup il prit une bouteille d'eau et se la renversa sur la tête en criant "J 'ai froid à l'âme !".

L'homme en peignoir rose avait de faux airs d'un Jésus halluciné.
Il s'approcha de Jude et fit des pirouettes tout autour de lui dans une sorte de danse chamanique ; après cela il alluma la télévision en face de Jude.
En temps normal le jeune homme répugnait à regarder la télévision, et même les ordinateurs lui faisaient peur, trop de vol de données.
Quand c'était l'heure des infos il pouvait lire sur les lèvres et voir prononcer son nom sur la bouche des différents intervenants, parfois la TV lui parlait à lui directement, bref, il n'aimait pas ça.
Le Jésus halluciné zappa sur la 3 et tomba sur un jeu télévisé, « Des Chiffres

et Des Lettres », l'animateur parlait du Père Lachaise.

Il changea pour la 5, des pubs vintages faisaient la promotion de comprimés contre la dépression puis la 7, un documentaire sur
un hôpital psychiatrique, des murs blancs, et des hommes en vestes blanches, armés de seringues poursuivant des patients ayant plus l'air effrayés que fous.

Tout semblait si azimuté
Il semblait qu'on voulait lui délivrer un message.

Comme un simple figurant en ce monde, un étranger qui n'appartenait pas vraiment au théâtre de l'existence était-il devenu malgré lui prisonnier de ce décor en carton-pâte de cette sitcom bas de gamme que les gens appellent la vie ?

Jude était sous médicaments et pourtant à cet instant précis il se sentait encore prisonnier de sa folie ou d'un excès de conscience peut-être.

Le Jésus en peignoir cria sauvagement

"Feel !"
"Wake up !!! I am you and you, you are me"

« Je suis ton double mais je suis la vérité de ton être.

Je vis toujours en toi,
La révélation est sortie de toi, et tu es la voix de la vérité. »

Jude ne voulut pas entendre ces paroles qu'il jugeait délirantes.
« Non je ne veux pas croire qu'il y ait d'élus. Je veux croire que nous puissions tous être des êtres ordinaires et que nous puissions être tous les prismes de l'ineffable simplicité, du principe premier, des guerriers de lumière.

N'y a-t-il pas de plus belle vérité ? Nous avons le pouvoir de nous transcender. Nous avons le pouvoir d 'être médiocres et géniaux.

Je veux être souillure, je veux me sentir médiocre et frôler l'éternité.

J'écris le roman de ma vie et je vrille, je dérive.

Tu veux la règle mais je suis un saltimbanque, et un amoureux.

Avec Lina, on passe parfois des semaines sans se voir ni se téléphoner, c'est elle la mieux habituée à mon verbe ivre et j'aime le balancement de ses hanches et son soleil de flanelle.

Es-tu plus proche de moi qu'elle ?

Tu dis que tu vis en moi et que tu es mon double mais ça ne me mène nulle part …

Je suis dans ce sous-sol et un Jésus halluciné m'assomme comme d'une liqueur de ses paroles de lumière.

Tu m'as parlé au fond des bois mais il n'y avait personne.

Toi vacuité de mon être, face à l'immensité du ciel, face à l'infini des paysages tu le sais bien, tu sais bien que je voyage sans destination et que partout où je vais l'œil de Dieu se dessine au-dessus de moi et me transperce. »

"Choisis ton destin, un bras de la rivière se jette dans le fleuve qui à son tour se jette dans la mer, infinie et libre." Lui dit le Jésus au peignoir rose.

Jude eut alors cette étrange impression de ne pas naviguer sur un fleuve ordinaire ...

CHAPITRE 4

« Le Peuple brésilien si malheureux, jamais vaincu.
Quand on le croit mort, il se lève du cercueil. »
Jorge Amado

Jude lui avait pris le ticket pour le Brésil et y avait atterri en règle jusqu'à trouver des explorateurs prêts à embarquer avec lui.

Ils avaient navigué et navigué peut être d'un monde à l'autre et avaient rejoint par un mystérieux phénomène le fleuve Amazone.
Fleuve sacré, fleuve des chamanes, fleuve des esprits…

Il décida de rejoindre la civilisation mais où allait-il débarquer ?
L'embarcation se mit à tanguer, ses

camarades sautèrent à l'eau et disparurent... Jude ramena la barque au rivage et foula ce sol qui ne conserverait pas ses empreintes.

En s'avançant, il commença à apercevoir des villageois à l'air peu affable ...Ils semblaient l'ignorer comme de vrais franciliens.

Il était sur une rive de l 'Amazone dans un village peu accueillant. Il lui fallait rejoindre la ville la plus proche, trouver une voiture, se ravitailler...

Jude dévalisa la petite épicerie locale, de produits dont les noms lui semblaient plus exotiques les uns que les autres et une bouteille couleur vert fluo de liqueur de banane, il y en avait juste assez pour tenir jusqu'à la prochaine ville.
Il acheta un vieux tacot à un villageois bien plus sympathique que les autres.

Jude finit par glisser le carnet de Jim qu'il n'avait pas encore ouvert dans son sac à dos, mis le sac à dos dans le coffre de la voiture et prit la route.

Après un paquet de miles, se laissant aller au vagabondage de son esprit et à ses divagations, toutes fenêtres ouvertes, pieds au plancher et l'âme dévorant l'horizon.

Les paysages défilaient sous ses yeux mais il ne les contemplait pas vraiment, il ne faisait que mordre le ciel des yeux, appuyant de plus en plus fort sur le champignon.

Et puis il aperçut ce vagabond au bord de la route, une lointaine silhouette qui en se rapprochant prenait les traits d'un jeune homme de dix ans de moins que lui avec son balluchon sur le dos.

Jude intrigué par le jeune homme, s'arrêta net et décida de le prendre en stop.

Il voulait venir en aide à ce garçon, perdu au milieu de nulle part.

Le garçon s'approcha du vieux tacot déglingué de Jude et ouvrit la portière, un léger sourire timide se dessina sur son visage.

- "Salut moi c'est Rio, vous me prenez pour un peu de route ? "
- "Oui bien sûr, où allez-vous donc ?"
- "Oh j'ai pas vraiment de

destination vous savez, je suis saisonnier et je trace la route..."

Rio ferma la portière et Jude fit crisser les pneus de la voiture laissant des tourbillons de poussière dans son sillage. Les kilomètres défilaient et le mystérieux Rio ne prononçait mot. Parfois il tournait la tête et le regardait fixement. Ses yeux d'un bleu particulier et bienveillants le détournaient de la route mais la présence de Rio le rassurait. Il était là sans vraiment y être.

- "Que faisais tu là sur cette route perdue au milieu de nulle part Rio ?"

- "Oh vous savez, je ne suis qu' un voyageur , je trace la route rien de plus banal, je travaille dans les champs à la belle saison , j' aide aux récoltes et j' ai de quoi survivre".

- Tu cherches quelque chose Rio ? Pourquoi traces tu la route comme ça ?"

- "Non je ne fuis rien ni personne, je ne suis qu'un gars du Midwest qui rêve d'aventure voilà tout. Et vous que faîtes-vous là m'sieur ?"

- "Peut-être que je suis un gars de la route tout comme toi Rio. J'aime le voyage. Tu sais j'ai toujours été proche de la nature bien avant d'aller m'installer à Paris, enfant, on allait en Corrèze ma petite soeur, ma mère et moi dans la maison de mon grand-père à la campagne. Je m'asseyais auprès des arbres juste pour contempler le silence de mon âme. Je suis un enfant du silence et des étoiles. Tu sais quand tu grandis dans des grands espaces, tu apprends à écouter ce qui se cache dans les chuintements du vent ".

Passée sa première réserve, le visage de Rio se fendit d'un sourire.

- "Je suis un peu un enfant sauvage aussi, je sais entendre les signes et leurs vibrations m'orientent.
  Tu sais un jour, un bon ami à moi s 'en est allé dans l'autre monde et au moment précis de son départ, j'ai vu ce majestueux cygne glisser sur l'onde... J'étais au bord

d'une rivière et soudain son image sembla parcourir l'onde et je sus qu'il me disait adieu ou à bientôt."

Jude ne répondait pas vraiment à Rio, il l'écoutait lui et ses mystères.

La nuit commençait à tomber alors Rio et Jude décidèrent de s'arrêter à la lisière d'une forêt.

Ils s'attelèrent à chercher des fagots de petit bois et des branches pour faire un feu avant la tombée de la nuit

La vie bruissait tout autour d'eux ; la Vie dans la sève des arbres.

Le bruissement de l'eau se fit peu à peu entendre.

- "Tu aimes donc toutes sortes de voyage Rio ?" demanda Jude
  Es-tu seulement ce simple gars du Midwest ?"

- "Tu le découvriras toi même quand il sera temps " dit Rio.

Rio et Jude s'allongèrent alors au bord de l'Amazone ouverts au murmure de la nuit.

- "Tu sais tu crois que je ne te parle pas mais je te parle à chaque seconde. Je suis venu dans ton récit pour te parler comme une apparition.

Tu es venu à moi, à cette fameuse route qui ne ressemble à aucune autre. Ton œuvre sera parcouru de mon souvenir, comme le fil d'Ariane car tu me recherches comme moi je te recherche.
Ta folie et la mienne se mélangent.
Comme Rio vient à la rencontre de Jude.
Et voilà que tu m'as laissé venir à toi sans que tu t'y attendes.

Jude proposa à Rio de venir se baigner dans l 'amazone, ils se jetèrent tous les deux dans la nuit noire des flots.

CHAPITRE 5

Il se sentait à présent moins prisonnier du passé mais sur le seuil d'un avenir qu'il n'arrivait pas encore à identifier.

Il repensa au bouffon qu'il avait rencontré dans le métro parisien. Pourquoi avait-il suivi cet homme ?
Il cherchait les signes à l'extérieur de lui -même mais les signes n'étaient- ils pas en lui tout simplement comme on le lui avait dit ? A l'intérieur de son être ?
Jude s'était réfugié dans cette obsession des signes par peur d'être son propre guide, par peur de sa solitude face aux bouleversements qu'il avait éprouvés dans sa vie. Tout s 'était écroulé lorsqu'il avait perdu sa plus jeune sœur Jade ; plus rien ne guidait ses pas. Il avait perdu tous ses repères et se retrouvait dans le néant. Il cherchait une bouée de sauvetage, une étincelle guidant son

chemin.

La petite fille toujours accroupie auprès de lui était sa petite sœur décédée. Elle tenait son petit chien dans ses bras. . Voulait- elle l'emmener avec elle vers la mort ?

La laisser partir ne voulait pas dire l'aimer moins, jamais il ne cesserait de l'aimer.

Oublier les fantômes du passé...

Jude marcha, marcha encore et finit par retrouver sa voiture.

Jude s'assit au volant ; il s'alluma une cigarette, les pensées défilaient dans son esprit ; les scènes de son passé. Il retrouva une vieille cassette audio dans son sac à dos qu'il avait ramené de France. Il la mit dans la bouche du lecteur autoradio et laissa tourner la bande : Phil Manzanera, Live 801. Jude et Rio commençaient à avoir le mal du pays mais l'Amérique leur parlait, vibrait en eux.

Jude était une âme libre, un poète, un conteur d'histoires. Un medium, un envoyé de l'au-delà. En gros un fou. Trop sensible et depuis qu'on lui avait injecté cette merde de neuroleptiques de ces putains de psychiatres avec leur air condescendant à te foutre en hôpital de jour et à te faire faire des petits ateliers. Ou sinon à te faire travailler dans un centre pour handicapés à torcher le cul des camarades et des vieux, à torcher le cul de la société. A se faire offrir des voyages par les grands labos.

Alors la liberté avait vraiment un goût amer.

On lui avait dit de tirer un trait sur ses idées et d'accepter son destin d'androïde. Jude arrivait à ressentir un peu de colère au regard de ce qu'il endurait depuis huit ans et contre ce système de merde. Jude la rêvait la liberté. Il voulait se cabrer, il voulait être un cheval fou et pas un Pégase prit soudain dans quelque affreux coupe gorge. Il voulait leur faire ingurgiter leurs médicaments à tous ces trous du cul en blouse blanche, les voir baver et écumer et ne plus réussir à aligner trois mots d'affilés comme des moutons lobotomisés.

Jude se réveilla un peu de sa mollesse et de sa docilité et fit vrombir son vieux tacot pourri.

« Tu vas t'en sortir mec, tu vas te remettre. Il faudra du temps mais en tout cas tu as retrouvé ton âme à présent. »

CHAPITRE 6

Alors qu'ils contemplaient en roulant le paysage et la vue sur la mer, tout d'un coup Jude et Rio virent sur la route, un énorme serpent.

Ils s'arrêtèrent de peur d'écraser la pauvre bête pour la laissait passer.

Rio, humble pêcheur sortit une pomme de son baluchon et y croqua à pleine dents comme pour conjurer le sort.

Il en proposa un quart à Jude qui fit non de la tête, on ne sait jamais.

Tout le monde disait que Jésus redescendrait sur Terre et reviendrait juger les vivants et les morts. Jude était là, il ne jugeait personne, ni les vivants ni les morts. Il buvait du rosé avec Rio, à picoler, à se bourrer la gueule. Ils étaient contents.

Trouver l'oubli et purifier son âme, telle était la mission de Jude au jour présent. Et cela lui semblait dorénavant possible.

Sur la route Jude et Rio aperçurent au loin une Église. Ils furent inexorablement attirés par le lieu. Ils firent halte près du lac de l'Eglise Pentecôtiste.

Jude s'allongea, tous les deux contemplaient l'infini du ciel et s'amusaient à chercher des formes dans les nuages.

(Jude) - « Certains ont vu le diable dans des nuages de fumée. »

(Rio) - « Certains ont vu Jésus dans un bol de corn flakes aussi »

(Rio) - « Tiens regarde on dirait la tête d'un chef indien la dans les nuages »

(Jude) - « Oui c'est vrai et regarde ce nuage on dirait un loup fier et brave ».

(Jude) - « Et quand je pense à tous ces prélats du Vatican à la bedaine épanouie qui prétendent honorer le message de Dieu. Je pense qu'il y a des êtres authentiques et au cœur bon qui comprennent de manière instinctive les lois de l'amour universelles mais ce ne sont pas tous ces cardinaux assoiffés de pouvoir.

Tu sais quand je vois une petite église modeste, je veux bien croire en leur bon Dieu car là où il y a de l'humilité il y a du cœur mais quand je ne vois que de l'or et de l'encens je ne peux me reconnaître dans leur Église qui a plus à œuvrer pour le Diable que pour Dieu ».

(Rio) « Tu es noble mon ami, plus noble que notre espèce humaine en pleine décadence. J'ai honte de cette société et j'ai honte de la barbarie humaine. »

Rio se saisit d'un couteau et ouvrit sa peau qui se mit à saigner. Jude fit de même et tous les deux mêlèrent leur sang en une poignée de main.

Si la loi de Dieu était celle du pardon Jude parfois se sentait l'âme d'un indien et aurait pu scalper ceux qui s'en prenaient a son frère.

Ils empruntèrent le petit chemin qui remontait jusqu'à la prairie. Ils marchaient pieds nus sur l 'herbe grasse. Ils se sentaient bien, libres comme des Robinson.

Rio mit Jude au défi de faire la course dans le champ jusqu'à rejoindre la petite Eglise.

Ils gambadaient comme des fous au milieu des tournesols et riaient comme des enfants.

C'était une petite Eglise de bois blanche sans prétention qui trônait au milieu d'une prairie aux herbes folles.

Le lieu semblait avoir été déserté depuis longtemps.

Les vitraux laissaient filtrer la lumière tendre du soleil au dedans des lieux.

Quelques rangées de banc poussiéreux faisaient face à l'autel abandonné et à une croix sans fioritures.

Jude et Rio s'assirent sur un banc au fond de l'église. Ils contemplaient la croix sans mot dire.

Rio finit par briser le silence « tu sais, tu vas trouver ça assez bizarre en fait mais on m'a parlé d'un lieu paisible où rencontrer des frères, le ranch de la Cosmic River Connection, ce ranch est en Arizona dans les grands espaces de l'ouest américain. On m'a dit que c'était un lieu magique, que la terre du désert savait guérir tous les maux de l'âme et que là-bas , les fous pouvaient être libres et hurler dans le désert.

Direction Arizona ! S'exclama Jude.

CHAPITRE 7

Le ranch composé de trois bâtiments s'imposait au milieu du désert orangé d'Arizona. De la fumée qui devait provenir d'une chaude cheminée s 'élevait dans l'immensité du ciel bleu. Jude ressentit tout de suite l'harmonie du lieu. Des champs de maïs s 'étendaient d'un côté du ranch. Des poules, des chèvres et des cochons se côtoyaient dans un vaste enclos bien entretenu. Les chiens du ranch vinrent aussitôt les accueillir et leur faire la fête. Il y avait un labrador, et étonnamment deux petits chiens, un petit shi tzu et un petit bichon qui batifolaient autour d'eux.
Il y avait aussi des chats, un petit chat gris avec une tache blanche, deux chattes écailles de tortue un chat Roux et un autre   persan   roux.

Au loin Jude aperçut un enclos où des chevaux prenaient l'air tranquillement . Et puis il y avait cet enclos ou un mustang sauvage se cabrait et hennissait sèchement.

« Il est blessé , nous devons le garder pour le soigner quelques temps mais on a du mal à l'approcher » nous dit Phoenix.

Phoenix s'occupait des animaux du ranch avec quelques autres amis de la connection.

Il y avait une famille d'ex hippies et ses deux enfants Joy et son mari Sun et leurs enfants une fille et un garçon Light et Peace. Il y avait encore quatre autres personnes, un népalais de Katmandou, un indien d'Inde, une chinoise et une new yorkaise ex working girl repentie.

Tous accueillirent Jude chaleureusement et simplement sans être obséquieux. Ils se prirent tous tour à tour dans les bras dans une chaude communion. Joy sortit sur le perron du ranch pour remettre à chacun le fameux peignoir rose et tous s'amusèrent de ce code qu'ils avaient entre eux comme s'ils avaient tous eu la vision du Jésus halluciné. Après tout pourquoi pas ?

Jude, Rio, et Phoenix étaient fatigués de leur journée respective alors après un bon dîner : purée de pommes de terre et d 'épis de maïs, ils se couchèrent pour la nuit.

A la Cosmic River Connection on menait une vie tranquille. Les deux amis se reposèrent les premiers jours et puis petit à petit prirent part aux travaux du ranch. Ils s'occupaient des animaux, de leur donner à manger et de les soigner. Ils allaient chercher le foin pour les chevaux et nettoyaient le ranch à tour de rôle. Jude aimait aussi aller flâner au bord de la rivière qui passait non loin. Parfois il s'y baignait et parfois seulement il pouvait passer des heures à la contempler.   .

Et Phoenix parfois venait avec lui et ils discutaient de leur vie et refaisaient le monde   sous   un   ciel   d'étoiles.   .
Phoenix était une belle âme et ils s'entendaient bien.

« Un soir lors d 'une veillée au coin du feu, je vous dirais ce que j'ai appris de la route. Peut-être qu'il faut que j'emploie des mots simples pour me faire comprendre. Je dois y réfléchir je ne sais pas encore. »

« Tu sauras quand tu te sentiras prêt » lui répondit simplement Phoenix.

Quand ils rentrèrent au ranch, les enfants jouaient avec les chiens. Il y avait des sourires et la paix sur tous les visages. Même Jude se sentait plus serein. Il se sentait en paix loin de la vie en ville. Parfois il prenait son portefeuille et contemplait le visage de tous ceux qu'il avait aimés mais il ne ressentait plus de tristesse, il ressentait la chaleur de cet amour qui persistait au-delà du voile de la mort.

Parfois ils allaient dans la bourgade voisine vendre des produits de leur artisanat.   .

Personne ne les moquait vraiment, certains les prenaient tout au pire pour des illuminés. Mais tous remarquaient ce nouveau venu, cet homme qui devait être dans sa trentaine aux longs cheveux châtains.

Les Indiens leur faisaient toujours bon accueil, ils faisaient toujours preuve de sagesse. Un jour Jude et ses compères se rendirent dans un commerce d'artisanat navajo. Il fut tout de suite attiré par un pendentif en turquoise avec de petites cornes de taureau. Il sut tout de suite que ce pendentif était fait pour claquer sur son torse et puis ça changeait d'une montre ou d'une cravate.

« Ce bijou te redonnera la force que tu as perdue sois en sûr. » Le jeune indien le regardait de ses yeux perçants qui semblaient deviner ses secrets.

« Merci mon ami, merci mon frère » répondit Jude.

« Tu sais j'habite dans un village de hogans avec mon grand-père, j'aimerais que tu le rencontres, cela me ferait grand plaisir »

Jude répondit chaleureusement qu'il viendrait voir le grand père et la petite troupe retourna au ranch.

Il y avait toujours ce cheval sauvage dans l'enclos que personne n'arrivait à approcher. Jude ne s'y hasardait pas non plus même s'il était tenté de le faire.

Quelques jours plus tard, Jude se rendit seul au village navajo dans lequel on l'attendait.

Tous les indiens de la réserve étaient venu l'accueillir et le saluer en l'applaudissant sur son passage.

Il fut escorté par le jeune indien dans le hogan de son grand-père, le chaman du village.

Assis tout au fond du hogan sur des tapis poussiéreux, pieds-nus, le vieil homme le scruta de son regard Vairon. Il l'invita modestement à s'asseoir tout comme lui en tailleur. Ils restèrent ainsi un moment sans mot dire à se regarder l'un l'autre.

« Je te connais, je sais qui tu es, je sais que tu demandes pardon même si tu n'es pas coupable. Ton âme est pure et ne mérite aucun châtiment. Les braves savent reconnaître les justes.

Bienvenue mon ami, je suis content que tu sois venu. Il te faut approcher du mustang blessé, comprendre sa souffrance, le soigner. Toi seul peux le faire, après ça nous viendrons écouter ton enseignement, nous autres indiens ».

Jude rentra au ranch, le cœur réchauffé par un si noble discours. Il s'isola quelque temps dans la solitude. La Cosmic Connection comprenait ce besoin de Jude et ne venait pas le déranger. Il dut partir quelque temps se reposer dans une petite cabane en bois non loin de la rivière. Il se baignait, lisait des poèmes de Jim Morrison, de William Blake. Jude était Verseau, un signe d'air et d'eau, il rêvait d'eau, il avait besoin d'une source d'eau pour se sentir bien. Il se perdait dans le bruissement des eaux et des vents et observait les animaux sauvages. Depuis quelques temps il avait remarqué la présence de cet aigle aux alentours. Il survolait souvent les emplacements ou Jude se déplaçait. Sa présence était bienveillante et protectrice. Il était peu à peu devenu son animal totem. Peut-être que c'était un peu de l'esprit de ses êtres aimés qui revenaient à travers cet aigle se manifester à lui.

Quand Jude se fut ressourcé, il revint au ranch. Il fut accueilli chaleureusement par toute la joyeuse troupe.

Quand il se sentit prêt il se dirigea vers l'enclos du cheval sauvage. Le cheval nerveux, hennissait et ruait dans l'enclos. Il ne voulait pas dompter le cheval en le montant ni faire un rodéo endiablé.

Le cheval courait et se cabrait violemment. Il se passa de longues heures pendant lesquelles Jude se contentait de faire faire des tours d'enclos au cheval en le tenant par la bride et en alternant avec des caresses avant que le cheval incline la tête vers Jude et se laisse amadouer. Jude soigna la plaie du cheval, la recousit et banda sa plaie.

Le cheval un peu moins farouche, Jude
dut réitérer la manœuvre quelques jours
dans l'enclos avant de lui installer la
selle et de le monter.
Quand les sages du village indien eurent
vent de la nouvelle ils vinrent s'installer
au ranch quelques temps prêts à suivre
l'enseignement de leur frère Jude à qui
même le plus hardi accordait confiance,
tendresse et obéissance.

Tous se réunirent un soir autour d'un
grand feu ; on faisait tourner une pipe de
main en main.
Jude s 'exprima alors : « je ne sais si je
puis vous apporter une connaissance que
vous n'ayez déjà ; je ne suis que votre
frère mais je vous dirais ce que j'ai
appris ».

Jude se fit d'abord poète :

« Nous sommes tous les portes d'un
autre monde,

Dieu n'est pas croyance ni dogme, ni
enfer ni paradis, je ne sais qui il est mais
ce nom a le parfum de l'infini.

Peut-être est-ce la réalité de nos êtres que nous ignorons en ces vies,

Cette croissance de nos âmes altérée par notre condition humaine.

L'essence pure de nos êtres progresse dans des densités invisibles, traversant un à un les mondes vibratoires et se meuvent et s'élèvent dans des vols à nos sens inaccessibles.

Un jour peut-être jaillira de l'univers,

Comme autrefois a jailli de la matière,

Ce feu incandescent dont la lumière irradie le monde. »

« Tu veux dire que nous sommes comme les gouttes d'un seul océan ? Tu veux dire que cet océan est Dieu ou le grand esprit ? » demanda le vieil indien d'Amérique.

« Nous sommes les gouttes d'un seul océan, nous sommes comme les rayons d'un immense soleil. Nous sommes tous unis dans cette énergie, les âmes de tout ce qui vit proviennent de cet océan d'amour et de lumière.

Quand nous aimons, dans le moindre de nos actes d'amour, nous nous rapprochons de cet océan. Nos âmes vibrent et se rapprochent de cet océan que nous retrouvons une fois notre vie terrestre finie.
Quand nous prions dans l'amour pour un ami, un père, pour un oiseau, nous transmettons des fluides d'énergie primaire. Plus nous élevons nos vibrations plus nous nous rapprochons de cet immense soleil que l'on retrouvera après notre mort et nous ressentirons son intense lumière et sa chaleur infinie.

C'est cela que les chrétiens appellent le Paradis, c'est lorsque l'âme est dans ce soleil brûlant en paix et en harmonie
Je ne suis qu'un homme et je suis votre frère. »

Les indiens et les membres de la Cosmic Connection écoutaient les paroles de Jude.
Tous l'encerclèrent et jetèrent leurs torches dans le feu.
« Nous voici tous frères dans la lumière

et rayons d 'un seul et même soleil d 'amour !» s'exclama Rio. Le vieux chaman s 'approcha de Jude « nous savons qui tu es, tu es un bon pasteur. Tu sais la poésie des étoiles, des torrents et des champs de tournesols. Tu voles comme l'aigle au-dessus de ce monde et comprends la symphonie de la Terre et le langage silencieux. »

Tous crièrent de joie puis de jeunes indiens dansèrent un powow endiablé jusqu'au petit matin.

Jude finit sa vie au ranch de la Cosmic River Connection. Il se maria a une amérindienne et eut des enfants. Il eut une vie sereine et paisible et mourut très vieux. Parfois de jeunes indiens racontent qu'ils peuvent voir son esprit dans le regard d'un loup solitaire ou sentir son âme sous les battements d'ailes d'un aigle.